KB195527

멀어지는 것들은 늘 가까운 곳에 있었다

문학들 시인선 035

박현우 시집

멀어지는 것들은 늘 가까운 곳에 있었다

문학들

시인의 말

잡초를 뽑다 보니
부끄럽게 뽑혀 나간 잡풀이지만
끈질기게 피어나는 잡꽃이지만

꽃밭에는 수없는 풀꽃들이 피고 지고
나를 잃은 언어들이 윙윙거렸다
꽃의 수사修辭,
사색에 익숙해질 무렵
꽃의 이면을 탐하는 벌 나비가 부러웠다
아니다
가까이 잡꽃이
윙윙거리는 소박한 언어이고 싶었다

잡풀은 잡풀대로 수사가 필요하다.

2024년
금당산 자락
박현우

차례

제2부 꽃의 이면

제3부 멀어지는 것들은 늘 가까운 곳에 있었다

제1부

생각의 자리

그리하여

음식물 쓰레기를
퇴비나 만들까 하여 빈 화분에 모았다

먹고 버린 흔적들이
지독한 세상 냄새를 고스란히 풍기지만
시도 때도 없이 날아든 비둘기는
한 잔치나 벌이는 듯 헤집고 헤집어
더는 녀석들도 외면한 화분 속에서
햇살 좋은 늦가을 일광욕 즐기는 듯
이름 모를 풀싹들이 얼굴을 내밀더니
기어이 철 지난 꽃 여럿 달아
튼실한 열매를 맺더란 말이여

하여, 내가 버린 퀴퀴한 말의 씨도
모아 볼까 하는데.

각인

수 세월 너를 향해 돌진했을 바람이 순식간에
혹은 바람으로 끝나기도 하는

가장 아린 사랑을
허름한 뜰 안에 가둬두고

마지막 한 방울 피까지 토해내며 손잡아주던
시원의 눈빛 같은 그 꽃

갯메꽃을 휩쓴 날의 파랑 같은.

봄비

개똥쑥 삐그시 고갤 드는 텃밭
나의 바람과 다른 봄비가 내렸다
마스크 벗어제낀 들꽃들 틈으로
고개 숙인 할미꽃
집에 데려다주라는 듯
짱짱하게 일어들 나는데
먼 산 밖으로 울어가는 것들은
쉬엄쉬엄 고향으로 다가가
울 형님 고이 잠든 묏등 위
사락사락 봄눈을 녹일 것이다
자꾸만 흐려지는 얼룩진 기억과
겨우내 사라진 것들 뒤에
뭉클하게 피어오르는 사랑도 있어
고향 집 매화 송이 눈을 뜨면
지시락 물 받던 대야 가득
어머니 빨랫물이 주인 없이 넘치겠다.

분갈이

십수 년 함께한 정분도 두터운데
잎 지고 앙상한 뼈대만 남고 보니
세상사 이치가 다 뵈는 듯하여
뿌리까지 탈탈 털어 속이나 보았더니
허허, 참 이놈 보소
질긴 명줄들이 서로를 껴안고
분벽을 휘감아 몸부림 심하구나
겉만 번지르르하게 생색만 내다가
이런저런 사연으로 이별하기 전
단호하게 칼질하고 단장을 했다
생가지를 쳐 본 자는 알지
아픔이 나 보란 듯 드러나며
사랑이 어디 눈에 훤히 보이던가.

설거지

날마다 우리 살아 있음을
이토록 진지하게 씻어내는 일

빈부가 문제랴
누린 만큼 눌어붙은 고상한 찌꺼기들
저희끼리 냄새피우는 일 지천인지라
새삼 놀랄 일 아니라 쳐도

잠깐 한눈팔아 보시게
순간에 기생하는 벌레 같은 것들
반드시 죽치고 앉아 오감을 자극할 것이니
되도록 빠르게 뽀득뽀득 씻어내야 하네

적폐청산 참 좋은 설거지네만
꽉 달라붙은 밥풀때기 하나라도
어디 쉽게 떨어지던가.

안아주기

40여 년 함께한 친구들 모임에
이런저런 이유로 불참하기 몇 번
콧바람이나 쐬자고 모임에 갔더니
그새 흰머리며 주름진 얼굴들
반갑게 맞으며 다가와
서로를 확인하듯 안아주는 것인데

제철이라는 죽순나물 한 입
오물거리다 말고
내 맘대로 보지도 못하고
제대로 만지지도 못하는 등짝을
어루만져 쓸어줄 사람이 몇이나 될까
왈칵 소름이 돋았네.

굴비

짭쪼름한 굴비를 앞에 놓고
비굴을 생각했다

줄줄이 엮여 말라가는 법
그리 살아낸 시대 때문이다

건조함이 빚어낸 콜콜한
값진 맛

모두가 배부른 삶의 질을
이야기하지만

왜 나는 목 조여 묶인
조기弔旗를 기억해야 하나.

층견 소음

새벽녘 동네 개 짖는 소리
연이어 닭들 홰치는 소리까지 더하지만

옆집 개, 낑낑거리는 소리만 듣고도
그 집 들고 나는 내력을 대충 안다던 형

더불어 사는 것이 어쩌면
입 귀 닫고 사는 거라는 듯

엘리베이터 게시판에 큼직한 방이 붙었다

'강아지 짖는 소리에 대한 민원이 자주 발생하고 있습니
다'

속마음

옆집 원룸 아주머니는
꽤나 나이가 들어
눈도 침침하다는 반려견을
아침저녁으로 산책을 시킨다
한 손에 일회용 비닐장갑을 끼고
쉬엄쉬엄 가는 개의 길을 따른다
아저씨 보내고 함께한 정이
배설물 치우는 일이라며
까맣게 탄 듯한 속마음 비치더니
휴지 몇 장 꺼낸다
눈발 그친
짱짱한 겨울 아침에.

모난 돌

모난 돌이 정 맞는다는 말
가슴에 묻고 산 지 오래
완도 정도리 갯돌 밟으며 걷노라니
시시로 변하는 물빛 부서지길 몇 번

거품이 거품을 지우며 소스라치는
무변의 생존 곁에서 자신을 사르며
모질도록 저항했을 불안과
상처를 숨긴 낯빛 끝내 발하는

사계의 해조음처럼
변덕스런 시공을 살아 볼 일이지만
물살 따라간 시간들 뒤돌아보면
절도絶島를 표류하던 절명의 고독들이

더러는 깨어져 백사白沙가 되고
갯것들 사늘한 보금자리 되는
모난 돌 하나 찾기 힘든 구계등 바라
모나게 살고 싶던 날들의 신념 꺼내 보는가

오는 길 정 맞은 돌 몇 주워
빈틈 많은 생의 구멍을 메워 볼까
하는.

데칼코마니

철거 아파트 담벼락에
오누이가 앉아
볼록 렌즈에 찬 빛을 담는다

참새 두 마리도
간이 빨랫줄에 앉아
시린 볕에 날개를 그을린다.

곡강曲江

갯가 저수지 등에 오르니
굽이도는 강을 타고 달은 낮게 내려와
기지개 켜는 산안개 보듬기도 하고

조금은 헛헛할 것 같은 것들끼리
곰살궂게 손 맞잡아
뿌리 마른 생의 애락哀樂을 조물거리는

팍팍한 세상 소식 귀 기울이다
농무에 갇힌 폐선처럼
스스로 왜곡을 만들어 품기도 하면서

독수의 촉수를 꺼내 공방을 지우며
달 기우는 심사에 불 댕기는 그리움인 양
고단하지도 서럽지도 않아라

흐르다 마른 채로 너에게 가는 길은.

조락凋洛

갈꽃 날리는 극락강에 낚싯대를 폈다

불태산을 지나던 바람이 실어 온
비우고 남은 외로움이거나
다 버리고도 무거워지는 회한도 함께

칠흑이 수놓은 하늘가 무수한 별들이
제가 빚은 언어로 반짝이고
잠들지 못한 새, 놀란 눈짓 물비늘에 내려놓으면

지상의 마지막 안식을 위해 몸을 던진 것들이 둥둥
조객도 없이 조용히 물무늬로 번지는
아름다움은 눈 시리게 보이는 까닭이다

흔들리지 않는 찌불을 긴장으로 바라보는 것은
상처 난 잎들 가장 가벼운 여행처럼
극락강역 마지막 기적이 환청이길 바라서다.

시인과 사이

친구가 건네준 감나무 묘목 큰 화분에 심었더니
밑동은 얇고 껍데기 벗길 수 해 감똑 떨구다 말고
대봉 하나 제법 통통하니 키워 잎 지고도
발그레한 피가 돌아

은행잎 밟으며 걷는 팔순의 시인 뒷모습 따르다 온 날
속없는 새 한 마리 감나무에 걸터앉아
촐싹대는 꼴사나워 가만 다가가 비닐봉지를 씌워주는
그 쓸쓸함 같은 사이

시는 쓰는 것이 아니라 내 안의 순간을
꾸밈없이 뱉을 때 사이가 좋아진다던
노 시인의 말씀 떠올라
저리 힘겹게 익어가는, 나를 뱉는 시 한 편 어떤가 하는.

27

낙엽 길
― 두 사람

살아온 길에는 무수한 자국이 있지
노파의 눈웃음에 서린 우수 같은
진종일 막일을 기다리다가
선술집 한 자리 차지하고 앉아
시집간 외동딸 자랑 한참인 김 씨 같은
고독은 섬뜩한 어둠으로 발길을 떼지
청청한 시절을 온몸으로 걸어온 두 사람
힘겨운 발자국 따라가다 보면
에돌다 온 서운함도
흔들리다 어느새 하나가 되는 건지
금남로 향하는 길목 어스름
화살나무 잎 잎에도 피멍이 들었지만.

제2부

꽃의 이면

눈꽃

나무들이 그려낼 상큼한 풍정과
봄 싹을 틔울 대찬 기다림 위해

삭풍에 한번은 몸 맡길 일이지만

누군가 싸늘한 눈꽃을 따며
사락사락 시를 읊을 때

희미한 달무리 포근히 내려앉는
고독들 좀 보아라

시린 가슴 데우려 밤새워 쌓아가는
순결한 나그네를 보거라.

안개꽃

한 아이가 앉아 있네
소란스런 교무실 책상 위 우두커니

실안개 내려 자욱한 무등산
시야 밖에서 떠도는 폭력 앞에

당당히 고갤 들어 나를 응시하는
장미의 벽

부끄러움 떨쳐내려 달려온 길
바장대는 애들의 숨결 닮은

무심히 지나쳤던 화병 속에 비친
무명 교사의 얼굴

한 아이가 안개를 걷고 있네
실낱같은 목대에 핏발이 서네.

꽃무릇

선운사 가다 보니 지천인 꽃무릇

독경은 적적한데
저리도 붉게 취해 하나 되는 법을
다발로 엮어 은하에 뿌리는 듯
짐짓 그려 보는 얼굴은 멀리서 출렁이고

풍경에 묶어둔 조밀한 사연까지
흔들어 안아 보지만
다급한 시간의 날 끝에 선
꽃과 잎의 언어들은
실랑이질하느라 댕그랑거립니다

세월 따라 세월을 지우며
가장 가까이서 눈물짓던 사랑이
낙인으로 남아
눈 감으니 홀연 보일 듯합니다.

로즈마리

남부 지방 대설주의보 내린 날
입술 파리해진 너를
떨이라고 해 데려왔지

한겨울 누비이불 한 채 없어도
근근한 사연 코끝으로 전하며
이심전심 나눈 정분 깊어 가
나날이 주름지는 일만 남았지만
그래도 자넨 줄기차게
초로의 거친 목대에 하얀 꽃을 피워내
불쑥불쑥 힘이 솟기도 했네만

오늘
부침 많은 일상 뒤로하고 기어이
익숙한 술 냄새 풍기며 다가앉아
퍼렇게 멍든 마음 꺼내는 까닭은
이십여 년 함께하며 불식간에 남긴
상처 나고 허한 자네 몸뚱이를
단장이란 핑계로 칼질하려 해서네.

호접꽃

단골 꽃집 사장님 우수리로 건네받은
추레한 모습이 웃음 잃은 날들을 소환했지
창밖 미지의 것들은 산자락을 물들이고
내 안에 뿌리내려 모질게 살아낸 꽃들의 열기
햇살만큼이나 식어가

생기 잃은 손 잡아주다
향기마저 잃은 채 멍울져 오던 초라함이
꽃이 되는 지상의 역설 마주하며
난감한 현실이 꿈이 되고
꿈꾸는 너의 색에 취한 취객일 뿐이라서
꿈이라도 곁에 두고 바라보는 것인데

역병에 꼭 갇힌 방
두렵고 외로운 길 떠돌다 온 슬픈 사람의
고백 같은 시 한 줄이 버젓이 움을 틔워
새삼 갈변한 꽃잎이라도 붙잡아둘 요량이네만
우수리로 사는 생이 우리뿐이겠는가.

자운영

장성 구도로 타고 월정리 지나는데
논마다 일렁이는 자운영

독새풀 갈아엎은 논 가생이에 못자리 치던
누이를 두고 떠나와
뜬구름 같은 세상을 헤매다 바삭하게 마른 분수 감추고
헤픈 웃음 마음에 담아
첨벙거리며 걷던 소 울음 따라가면

오월을 물들인 친구
검문 피해 도망가다 쓰러지며 동화되었다던
지금쯤 상엿집이 있던 무논에 무더기로 화들짝
막막한 하늘 치켜 보며 자줏빛 구름 한 점 되고 싶다
피어나겠지.

명아주

태성 들녘 지나는데 켜켜이 쌓인 추억들
갯바람까지 손 흔들어 발을 멈추면
불볕더위 뚫고 앉아 수건 한 장 머리에 두르고
품앗이 갔다 오며 한 줌 쥐고 와 조물조물
무쳐 내온 명아주 나물 상긋한 냄새 입안에 돌아

뽑고 뽑아도 어느 틈에 이랑마다 비집고 나와
속깨나 태우던 명아주 풀
속임수 많은 세상이나 보는 듯
보석 같은 꽃잎 치렁치렁 달고 우쭐대는 꼴이라니
호미질도 그치고 환삼덩굴 진을 쳐 발 묶인 밭

허리 굽은 주인어른 백 세 선물로 받았다는 청려장
사노라면 질긴 인연이 어디 이뿐이랴.

쥐똥나무꽃

지막리 윗 저수지 가는 길섶
올망졸망 봄볕 즐기는 풀꽃들
꼴망태 어깨에 메고 낫치기도 하면서
오르던 애들 오간 곳 없고
박새며 물총새며 멱 감던 자취 흘려 보면
헛웃음 나기도 하여

조금은 모양 빠지게
철새 따라 가버린 유행가 나직이 읊조리면
한약방 하던 병석이 아버지 망태기 짊어지고
유약한 촌부에 좋다 하여 서성거리던 개울가,
수 세월 대를 이어 군락을 이룬 쥐똥나무

아련한 마음이나 전하듯 진한 향내로
촉촉이 눈가를 적시기도 하는
그 하얀 꽃무리가 하필 쥐똥 닮은 열매를 맺는다니
세상 이치 참으로 희한타는 생각 불쑥.

천리향

식목일 시청에서 나눠준 천리향 한 그루
뭉툭하게 잘린 뿌리 마음에 묻은 여러 해
천 리를 간다는 향에 취해 시름을 떨치던 일처럼

살도록 그늘 한 번 된 적이 없는 냉가슴 열어 보니
나잇살이나 잡수신 맹환이네 팽나무가 느닷없이 다가와
사랑앓이나 하는 듯 아노래* 골목을 덮기도 하여
보고 싶단 말보다 더한 가슴을 달래주는 것이어서

무심을 붙안고
천리만리 마음의 폭을 넓혀가는 은은함이
그늘 됨을 알았네.

* 아노래 골목 : 진도 고군 지막리 골목 이름

민들레

사내는 어떤 마음으로 사느냐가 중하다 했다
시골 밤이란 저녁 솥에 불이 꺼지면 그만
어쩌다 잠결에 들은 아버지는 알 수 없는
몇 마디를 남기곤 주섬주섬 옷 챙겨 방을 나섰지만

대청 앞 지나 큰길에 이르면 코스모스 쓰러진
풀숲에서 고갤 내밀던 하얀 민들레 거품들
덩그러니 남아 어느 바람을 기다리기도 하던
그 바람 따라 흘러든 한숨 가슴에 심어

쓸쓸함만 불 밝히던 도시 긴 골목을 들어서다
부끄러움 보듬고 나란히 앉아 내려다보던
밟히며 살아낸 세월 가만 만져 보며
제 밥그릇이나 근사하게 챙겨내길 꿈꾸던 일처럼

조금은 외지면 어떻고 사람 사는 복판이면 어떠랴
사형제며 칠남매 뒷바라지하고도 쌩웃음 풀풀 날리며
지켜낸 속내 낮게 숨기고 피운 아버지의 홀씨들이
바람도 잊고 겹겹의 슬픔 퍼 나르는 삶이란 의미.

사위질빵 꽃

뒤뜰 터주 유자나무 아래
보란 듯이 한 자리 차지하고 있다가
더불어 사는 게 뭐 대수냐는 듯
꽃 지면 넉살 좋게 손을 내밀어
숭얼숭얼 퍼질러 놓은
한여름 언뜻 눈가루나 뿌린 듯이
너울춤 추던 꽃말에 숨은
칡넝쿨 멜빵 삼아 나뭇짐 짊어지고
산길을 내려오던 친구들 모습이나
사위에게 무거운 짐 들게 할 수 없어
질빵 끈으로 권했다는 옛이야기
살갑던 장모님 사랑 생각게도 하는
가닥가닥 늘어뜨린 꽃잎의 난장
유자나무도 사라진 돌담을 타고
씨앗으로 남은 것들의 고운 흩날림이
마음속에 수놓듯 피어나던 꽃.

며느리밥풀꽃

여린 것들이 저리 커서 살 찢긴 가지에 새들을 앉혀 놓고
낮은 구름이 펼친 그늘에 힘든 삶 눕히고 싶은 삼복더위

억새 우거져 법석을 떠는 잔솔 아래 요염한 버섯들 언뜻
시어머니 시샘으로 낯붉히는 가난한 입가 밥태기 둘 엱은

돌보는 이 없어 칡넝쿨 우거진 무덤가 숨죽여 피운.

야래향

새벽이면 다른 세상 엿보라며
어김없는 신문 보급소 미니밴 소리에
잠 깬 벌들은 꽃 찾아 날고

땡볕에 여러 날 낮은 포복으로
통사정하기도 하는 토끼풀

비 한 방울 소식 없는 일간지 활자들은
민심과 다른 이야기들을 끄집어 와
수만의 눈귀 입을 막고 있는 것이어서

강마른 꽃밭 속에도
굳은살 비집고
야무지게 꿈틀거릴 숨구멍은 있다고 여기지만

벌 한 마리 찾지 않는 밤에만
향내 풀풀 날리던 야래향이 시름시름 앓는다
새벽비를 바라는 간절함이다.

앵두나무

그니까 그날은 진종일 짙은 안개가 내리고
초저녁부터 누군가 애타게 찾는 산새가
금당산을 어둡고 쓸쓸하게 하더라구요

헛생각이란 그런 사이를 비집고 오기에
부잡했던 어린 날 뒤란 동백나무에 세 들다 간
후손쯤이 여태 반정反情이나 은정恩情을 지니고 있어
고향 바다를 건너 날 찾아온 건 아닌지 등

조금은 옛 소리에 취할 거시기 같은
잔정 하나라도 챙기라 하는 그런 발걸음은 아니었을까
실비까지 데리고 온 걸 보면,

한데 그날 어쩌다 만나 키우게 된 작고 앳된
앵두나무가 생각을 지우는 듯
젖은 가지마다 꽃 입술이 환히 벙글어 있었다.

능소화

갈등은 순간의 어울림

피는 꽃보다 떨어지는 것들이
고즈넉한 첩첩이 고요다

없어도 좋을 구속인 양 휘감아

오르는 법만 알아
외눈박이로 엿보는 눈들

오르지 못해
꽃잎만 쿵쿵대는 길냥이 자매

이름자 기개만큼
허공을 타고 오르는

누군지 애타는 기다림 있다.

제3부

멀어지는 것들은 늘 가까운 곳에 있었다

달맞이꽃

응급실로 가는 화단에
노란 달맞이꽃 피었다
환자 몇은 끽연실에 모여
시국 논담 뜨거운데

휠체어에 주렁주렁 매달린 링거액이
방울방울 흘러내리는 젊은 여자
파리한 입술로 피우다 남긴 연기
허공으로 흩어져

초록 바람은 산 등을 건너와 살갑지만
휠체어를 잡은 젊은 남자의 눈빛
멀어지는 것들은
늘 가까운 곳에 있었다

새벽빛은 한참인데
달맞이꽃 자우는 응급실 앞
시동 건 장의차 한 대
어둠은 또 다른 안식의 수사였다.

문득

눈에 밟히는 것들은
마음에 남는 법
밤새 뒤척인 흔적들 널브러진 방
쓸고 닦다 나를 돌아보면
손바닥에 홀로 남던 부끄럼들

뒤집힌 뻘물이
바다를 살찌우는 것이라 끄덕인
외딴 섬들이 다가오기도 하여
한 물에 든 희로애락까지
헹궈야 할 시간이지만

짜낸 것만큼 얼룩진 낯선 시선들 있어
비워야 빛나는 것들 주무르며
마음에도 걸레 하나 챙겨둘 일이다.

다시, 봄
- 귀소歸巢

엉겅퀴 연보라 꽃에 묶인 벌 한 마리
끈적대는 향기 데리고 봄나들이 가고
달개비 여린 순 등줄 타고
땀 훔치며 피는 보랏빛 꽃등
된볕에 덴 벚나무 누런 잎
다 떨구고 가는 성자인 양 대지를 떠돌다
깃발마저 삭아
모이 하나 남지 않은 쓸쓸한 들판
쓰러지고 일어서다 노래하는 눈의 빛
노자도 없이 사계를 떠도는 것은 황량하여
사라진 것들 호명하며
각양의 눈빛만 희번덕거리는 도시
밀림에서 만난 사람들 뒤로한 채
여비도 없이 봄꽃 되어 돌아온다.

그래서 나는 문제다

그럴듯한 차에서 내리는 선배와
장어집에 갔다
꿈틀거리는 꼬리에 눈을 둔
그래서 나는 문제다

폐차 직전 흠집 많은 이력만큼
납작 엎드린 술잔을 받으며
건하게 일어서는 객기를
시인의 자존심이라 우기면서

술값을 저울질하는 낯익은 습성은
구겨버린 한 편의 시 같은 것
알량한 오지랖을 여유라 치고
해묵은 농이나 치다가

다하지 못한 이야기들 울렁증으로 남아
아내의 편두통이 되는 까닭은
없는 것은 없어서 차라리 웃는
내 주머니가 서정이기 때문이다.

장어사랑 강 씨

함께한 시간들은 새로운데
칼질하는 침묵은 눈물이겠지

자잘한 지류를 허덕이던 행로 따라
흔적 하나 남기기 위해
그리 헤맨 도시
고행이 그댈 살찌웠으니
이젠 바다가 그립기도 하겠지만

가게 앞 느티나무 제 잎 떨구듯
등진 강과 바다

물줄기마다 저 높은 강보며 강벽
눈에 선한 식솔들 가슴에 담아
용트림하듯 솟아오르며
목청껏 노래한다
수족관에 비친 외로운 운명을.

술의 화법

손님은 갔는데 옆 교회 첨탑에서 까치가 운다

남광주 국밥집에 앉아 잔 비우다 보면
뒤뚱거리며 다가와 눈치코치 없이 구구대는
비둘기와의 거리만큼 우아한
얄팍한 비밀로 풀어놓은 경계를 지우며
홍조로 넘나들던 연민 가득한 얼굴들
대거리 뒤끝에 남은 지적질 같은
소리의 공해에 귀 열어 보았지만
남은 상처를 동여맬 감성은 없었던 것처럼
말하지 않아 최소한의 나를 지키는 논리에
두리번거린 씨줄과 날줄의 이야기들 아득하여라

공복의 아침이면
언어의 날은 한 무리 위선에 꽂힌 몸부림일까

빨랫줄에 앉아 양심을 염탐하는 눈 붉은 새.

대기표 18번

어제 우리는 취객이었지만
허물이 허물을 덮는 위선
새빨간 말의 행간을 간보다 말고
스멀거리는 역겨움을 지우기 위해
흙비 내리는 길 나섰지

오만상의 얼굴들이 느긋하게
덥혀진 마음 식히려 모여든 차량만큼
줄지어 늘어서
정오 뉴스 배부른 낭만을 채우려
혹은 이미 짜인 식단처럼

앙상한 세상 맴돌다 온 꽃바람
주렁주렁 매달린 냉면집 입구 대기표를 뽑아 보니
어젯밤 취중에 착 붙던 말
찰지게 비벼 시원케 비우고도
내내 시부렁거리고 있었지.

산을 오르며

폰에 앱 하나를 깔아두니
함께한 모든 길이 숫자가 된다
수없이 떠돈 행성의 이력만큼
먼지를 날리고 옹이를 만들고
발자국마다 찍히는 고단한 무게와
남은 길의 절절한 저항
부르튼 한 생 껍질까지 벗겨가며
남겨 가는 흔적이 무슨 소용
막무가내 기다리는 일은 아닌 듯도 싶어
먼 나무 향한 발걸음 헤아려 보는가.

쌍화차 한 잔

매캐한 오월이 걷히기도 전
한 어른 마주하던 찻집
"자네 얘기 들었네만 애들 잘 돌봐주시게"
하던 말씀에 발목이 잡혀

사사건건
고갤 가로 젓던 눈살들과 맞대며
교실 밖에서
더 큰 수업자료 챙기던 날들이
지금도 유효한 것인지

미련 없는 한 구석 채우기 위해
날밤 두드리는 자판기 마주하다 보니
동동 눈물 띄워 마시던 시간들이
그날,
쌍화차 한 잔으로 진하게 다가오네.

망월동 길

파울 첼란의 시를 읽는다
죽음의 푸가
저항은 저리 조용한 쉼인가
순수는
물들지 않은 절규라서
더 아픈가 보다
희망은 덧없는 이름이 아니다
나아가자
바이런이 외치던
해방의 목마른 신음
우리들 가슴에 남긴
오월의 잔디 끝없이 밟으며
지금 걸어오지 않았더냐
닳아진 듯 시퍼런 이 길.

제발
– 팽목항에서

너를 기다리는 등대도 얼어
신호등 하나 없이
살 같은 세월이 가고
보고픈 이름들도 잊혀 가지만
텅 빈 바닷가 낯익은 것들마저
등 돌리기 전에
외롬 하나라도 건졌으면
서운함은 없겠습니다

세밑 팽목항에서
가슴 치며 보낸 이름들
온몸으로 불러 본들
맺힌 멍울 풀릴까마는
행여
긴 기다림 끝에 퍼지르는
날 선 언어들의 선동은
하늘나라 우체통엔 넣지 마세요.

10월 여수에 가면

여순 10·19 시상식이 끝나고 나는 어느 면옥집 앞에서
견인 지역에 나뒹구는 낙엽을 밟아 보는 것인데 밟히는
모든 것이 바삭바삭 일어나 자꾸 아는 체하는 것이다

피바람 등지고 견인된 날들을 소환하던 무대 위 소녀가
꽃다발을 내려놓고 꺼내 보지 못한 날 선 숨소리 삼키며
시 울음 삭일 때 한 무리 핏물 고인 베적삼도 보였지

숨죽여 멍울 맺는 오동도 동백 길 여태껏 잠들지 못하고
잊히지 않으려 한없이 떠도는 해무들 있어
거꾸로 매달린 박쥐처럼
어둠을 이겨낸 날개 파닥거릴 수 있다면

실비 내리는 10월 어느 하루 여수에 가면 힘겹게 버티는
기억 아직 남아 지워지지 않을 동백꽃 문신을 새길 거야.

11월 철쭉이 피었다

먼 그리움 뒤에 두고
망월동 제2 묘역에서 너를 만났다

흔들리던 풀잎들이
제 몫의 빛깔로 스러지듯
고운 빛살 한 줌 위하다
끝내 묘석으로 앉아
긴 기다림의 편지를 쓰는

어쩌다 우린 이렇게
얼굴 마주하다가
허공을 휘젓던 새의 그림자로 떠나
달빛 어디서 만나게 될 그런 날을
사모하는지

숱한 주검 지켜보다
철 잃은 철쭉
하얀 꽃잎 몇과 조우하며
떨구지 못한 회한 삼키다 말고
불끈, 낮은 울음을 묻었지.

한여름의 눈짓

어둑한 연못 가
시야 밖으로 멀어진 새의 변주
창 안으로 든 개구리울음까지
을씨년스런 바람 따라
여러 날개를 달았다

지는 것들이 여름 짓는 숲
어느 고기압이
열대성 저기압을 만나는 순간처럼
휘몰이로 전하는 소식들
그런 난장 뒤

언뜻
비바람 끌어안은 마지막 봄의 몸부림이
푸른 잎 잎에 전하는
꽃잎들도 우두둑
땀방울로 결실 보는 열대야 깊어

성층을 놀던 보송한 구름들 낮게 내려와

흔들리는 것들을 감싸
제 마지막 열음을 예비하는
누군가 울밀한 사연 비집어 성큼
꿈의 날개를 퍼득이고 있다.

처서 지나며

뜨겁게 사랑하는 동안 한풀 꺾인 늦바람 분다

큰애기 울고 간다는 처서에 나누 내리는 비

푸르러 슬픈 것들 슬쩍 엿보다

쫓기는 자의 불면을 되뇌며

희미하게 들려오는 매미 울음

그리운 것들 가까이 다가와 더 쓸쓸함으로 채우고

참 어려운 단어 하나 쓰리게 안기는

쓰르라미 운다

가슴 털며 노래하는 네가 온다.

솔 한 그루가 달을 맞는 풍경

첫눈도 오질 않는 첫눈 카페에 앉았다
남은 햇살이 가지 잃은 둥치에 기대어
허름한 사내의 머릿결을 훑고
새 한 마리 앉지 않는 산도화 잎도 져

적막은 고독의 채움인가
읽히지 않는 시집들만 빼곡히 둘러앉아
딴청을 피우며 눈치만 살피고 있다

멀찍이 첩첩 산 어디쯤에
마실 나갔던 가난한 별들이 하나둘 돌아오고
솔잎 사이로 달그림자 숨어들어
갈바람과 한동안 수작하고 나면

화롯불 곁에서 꼬나문
시운처럼 소슬한 주인장 담배 연기
장작불로 타올라 시의 눈빛이 되기도 하는
솔 한 그루가 달을 품는 풍경이었다

어쩌면 내일 카페에 초설이 내릴지 모른다.

제4부

그러고도 한동안

물봉선 비에 젖는

간 사람은 오지 않는다지

승화원 가는 길
백일만 백일만 하며
벌건 울음 떨구는 백일홍

가문비나무 아래 선 검은 그림자들
가시덤불 사이로 얼굴 내민 물봉선 보다 말고
몰래 감춰둔 한숨을 피우는

타들어 가는 사랑이
길게 늘어선 화장터
슬픔이 슬픔을 화장하는 동안

백일홍 비에 젖는다
비에 젖은 물봉선 가시에 머문
여인의 손톱에 피멍이 든다

산 사람은 살아야지.

왜덕산*

재침해 패주하던 자들이 수장당한 울돌목
몇 수레의 역사를 이고 진
그 독한 저항을
몸으로 체득한 죽음 따위가 대수랴
웅혼한 대륙의 기질과
익숙한 삶의 바다가 주는
매서운 시련을 이겨낸 보배 섬
할거割據만 아는 군웅群雄은
의로운 고독을 모르지
휘몰이로 용솟는 명량 바다
진퇴를 모르는 공방 끝에
갯가에 떠오른 이방인들의 얼굴
코를 잘라 전리품쯤으로 아는 야만을
놀 따라 흔들리던
너희들 주검은 모를 거야
섬광 같은 의기에 혼마저 탈향脫鄕한 넋들이
객귀로 떠돌다
진도군 고군면 내동 마산 황조 하율
지막리 오산 배들이 마을까지

뒤엉킨 채로 흘러들어
주검을 존중했던 갯가 사람들의 인지상정이
고혼을 다시래기로 풀어
후생의 덕이라도 쌓으라고
수륙만리 고향이 보일 듯한
볕 잘 드는 산자락에 봉분을 올린 곳이
쑥부쟁이 흐드러진 왜덕산이란다.

* 왜덕산 : 전남 진도군 고군면 내산리 야산

송우산* 혼 묘지

민족혼을 말살하려 심었다는
창경궁 벚꽃놀이 뉴스를 들으며
진도대교 넘는다

조선을 빈 땅으로 만들어 일본 서도 인들을
이주시킬 것이라던 해적 대장 미치후사가
칠천량에서 대승을 거두고
어란진을 넘어 옥주를 향하다 최후를 맞이한
우짖는 물의 울음을 듣는가
검푸른 귀린들,
충혼탑에 서린 의기 분연히 일어서
눈 부릅뜬 남정네는
허리춤 동여매고 낫 괭이를 들고
손 맞잡은 아낙네들 죽음을 마다 않고
산등을 날아오르던 강강술래로 살아나는
그날의 벽화

수사水死를 당한 낯선 시신을
금기로 여겨 거두어주던

순박한 갯마을 사람들 풍속과 심성이
순절한 진도 수군 이백여 명을
씻김으로 해원解冤하여
나라님이 계신다는 북쪽을 바라
안장한 진도 송우산 혼 묘지

챙재 넘어 도론골 지나며 얼핏 보니
나지막한 떼무덤 앞
왕벚꽃만 쓸쓸히 꽃잎 떨구고 있습디다.

* 송우산 : 전남 진도군 고군면 평산리 야산

벌포리 바닷가

갈매기 떼 모여들었지

은비늘 파닥거리는 바다
뱃머리를 비틀어 보기도 하면서
뱃전을 두드리던 꿈

한 생을 동락한 닻줄은 끊기고
함박눈 이불 삼아
물이랑 고갤 넘던 돛대도 꺾여

흘부들한 갈대들 울타릴 엮어
벼린 날들 더 깊게 사르는

사위를 날아오르던 늙은 새
갑판 구석에 둥지를 틀어놓고
칠게 구멍 더듬다 와 졸고 있다.

왕온의 묘*

왕무덤재 오르다 보니 도래솔 아래 투구꽃이 피었다
천하를 품으려던 자들에게 쫓기던 왕조의 후손이
투구를 쓰고 자존의 성을 쌓고 독전기 날리다
밀리고 밀려 최후의 항전을 기다리던 날은
상처투성이 손들 맞잡고 동석산에 걸친 달빛도 고와
둥기덩덩 둥실둥실 맛뵈기 춤도 추면서 금갑포로
피난 간 사람들 그리기도 하면서 가슴 깊이 맺히는
부모형제 뼈에 새기며 움츠러든 마음 독하게 다졌으리
말하자면 풍전등화 같은 죽음이 해풍에 날리던 곳에서
유린의 땅을 지키려 했던 애꿎은 민초들 꿈이 돌더미로
덮였다는 왕온의 묘 석인상만 처량히 무덤 지키고 있다.

* 왕온의 묘 : 전남 진도군 의신면 침계리 산 44

궁녀둠벙*

자고로 무력한 지배층이 발호하는
시대를 살아 본 자들은 알 거야
원인 모를 두통으로 흔들리다
더한 바람에 꺾여 돌아온 밤이면
꽃 한 번 피우지 못하고
순수마저 도륙당하는 민중들 곡소리를

부몽화와 출륙환도에 깨어난 선량들이
반외세라는 응용한 기치를 내걸고
용장에 터를 잡아 왕국을 꿈꾸다
몽골장수 홍다구에 쫓기더니
논수골에 이르러 승화 후 온은 쓰러지고
피로 물든 냇가는 지명이 되기도 하여

그날따라 저승 새도 슬피 울어
아리랑 몇 구절 신음으로 구음하던
궁녀 몇은 욕된 삶 벗어버리려
가벼이 몸을 날렸으리라
밤이면 구슬픈 여귀곡이 들렸다는 둠벙

비수 품은 달이 꽃단장한다.

* 궁녀둠벙 : 전남 진도군 의신면 돈지리

처녀강*

진도 소포 나루를 건너온 봄바람에
첨찰산이 봄눈을 틔우고
멀리 돌섬 몇이 해무를 덮고 누워 창해를 떠도는 듯
지력산 동백사 스님께서
나른하게 너울거리는 학춤에 취해
그만 발을 헛디뎌 절벽 아래 바다에 떨어지다 벗겨진
가사가 섬이 되었다는 전설 멀리로 눈을 돌려 보면
쉬미항을 떠나는 사내 안타깝게 바라보는 섬 처녀
수줍은 들꽃 내음 무시로 다가와 홑적삼을 적시기도 하는
가사도 물이끼 낀 연못 하나 있어
스님의 손가락이 떨어져 외딴 섬이 되었다는
주지도 청년과 염문이 난 가사도 처녀 애타는 그리움이
마르지 않는 샘이 되었다는 처녀강
해풍에 그을린 노을도 멈췄다 가는.

* 처녀강 : 전남 진도군 조도면 가사도리 산

샘거리 큰 우물

보리타작이 끝나고 누이와
밤 마실 나온 매미 소리 들으며
큰샘거리에 닿으면
동네 사람들 빙 둘러앉아
징하다는 보리 꺼시라기 씻어내며
한숨 섞인 육자배길 부르곤 했지
만정이 철철 넘치던 두레박질 소리
연신 물바가지를 끼얹으며 등물을 훔치면
달도 구름에 몸을 숨겼지
어느 늦여름 온 동네에 역병이 돌고
두레박 끈도 떨어진 샘거리에
꽃상여 몇 돌아 먼 산으로 가더니
초가지붕 돌담이며 우물 덮개도 사라지고
밤이면 모여들던 처녀총각 염문도
따습던 인정까지 우물에 묻혔지

누군가의 기억 속에 남아 있는 것이란
잊고 남은 몇 소절 노랫가락 같아서
긴 기다림 끝에 오는 매미 울음 같아서.

어느새 나도

형형한 구름들 가을을 몰고 와
오갈 이 없는 빈 방에 누워
한 해 가장 밝을 것 같은 달빛이 끌어오는
바닷가를 떠올리는 것인데

시오리 대목장을 머리에 이고 와
한가위 상차림에 분주한 어머니와
손꾸러미 들고 종갓집 찾은 피붙이들 모여들어

헛기침만 남은 아버지의 시간 곁에
머물다 가던
번민의 몸살이 내게도 남아
환영처럼 다가온 불면이 우울을 덮고 앓았다

허물린 뒤뜰 담장 밑에 얼굴 내밀 양애나
설움 달래며 술잔을 기울일
작은 조카 담배 연기만큼 허한
몇몇 발걸음 기다리기도 하여

그런 날은
서늘해진 뒷머리 긁적이며 나도
문지방 위 늘어선 액자에 눈을 맞추며
대청마루 희미한 그림자를 줍는 것이다.

그러고도 한동안

눈발 날려
밭 것들 거두기 위해 차를 몰았다
서둘러 배추 등속 추수하는데
느닷없이 드러낸 핏줄의 종속

모질도록 집안일 해내던
누이의 혼담 오가던 해 아버지는 쓰러지고
외로 선 고목처럼 선산을 지키시던
말수 없던 형마저 침묵의 길을 갔다

그러고도 한동안
이순의 벽에 갇혀
질긴 연줄을 토악질하는
참으로 지독한 어지러움에

수없는 시공을 헤매다
가까스로 깨어난 병실
천형처럼 시를 읊던 날들이 번뜩
핏줄보다 진하게 울렁거리던 순간이 있었다.

극락강역에서

어둠이 어둠을 품는 강
코스모스 하늘하늘 쳐다보는

멀어진 기적 소리
봇짐 가득 오가던 사연만 남아

어디로 가야 하나
저리 울어 대는 호랑지빠귀

한 번 뿐인 열차 남몰래 기다리는
강 건너 불빛 몇 점
손 흔드는

여기는 극락강역입니다.

잘 자라는 말

무단히 창 두드리는 바람과
그렇게 밤새 다독였을 누군가의
자장가를 떠올리기까지
불면은 잡히지 않는 무지개
하얗게 뒤척일 당신 같아서

마음 건넬 여유마저
가슴에 묻는 한마디 말
일곱 색깔 언어로 꿈틀대는
아직은 그런 시가 두려워

겨울비 울음
어둠에 묶어 보내고
산자락 자욱한 운무 보노라면
어느 틈에 다가온 잔별 하나가
손 내밀어 이부자릴 까는구나.

섬돌 밑 몸 낮추고

뿌연 현관문 유리를 닦다가
섬돌 밑 몸 낮추고 경계하는
닮은 듯 낯선 얼굴을 보았다
함께한 기억들 애써 지우며

습관처럼 그가 남기고 간 포대를 열어
빈 밥그릇을 채우니
경계도 없이 허겁지겁 먹는 폼이
딱 지 어미 모습이다

만남보다 긴 이별은 늘 한순간이라
두렵기도 했지만
멀뚱이 치켜 보는 눈빛을 보노라니
어느새 내 그리움도 함께 와

지금 너와 대면을 인상하기 전
스치는 잔상들은 진짜 사랑이었을까
몸 낮추어 뒤돌아보는.

무렵

잔설 남은 솔밭 길
맹감나무 떼 뒤엉켜
사위 둘러보나

아슴아슴 보이는 것은
산등성에 남은
햇살 몇 모금

길과 길 사이에서
망설이고 망설이다
빛마저 비우고

무렵,
발걸음을 따라온 어느덧
황혼.

늦가을

과거와
현재의 부딪힘은
이미 깨진 유리 조각일 뿐
기억은 늘 새로워
잔을 채우는 순간
또 망각이다
볼그레한
병들이 돌아눕는다.

도시 산책자와 '의로운 고독'

임동확 시인

　박현우 시인의 시집『멀어지는 것들은 늘 가까운 곳에 있었다』를 지배하는 근본 기분은 '고독(Einsamkeit)'이다. 하지만 모든 것들과 격리되거나 고립된 외톨이(Alleinsein)가 아니라 우리가 모든 사물들의 본질에 이르면서 그 이웃이 되게 하는 본래적인 힘으로써 고독이 지배 정서로 자리하고 있다. 곧 그의 시들에 따르면, 우리는 세계 속에서 존재하지만, 또한 그 속에서 고립된 채 존재한다. 우리는 타인들과 관계를 맺으며 살아가지만, 동시에 그러면서도 우리는 자신의 존재 가능성을 끊임없이 탐색하는 운명에 처해 있다.

　그런 박현우 시인에게 '고독'은 일차적으로 마치 "내 맘대로 보지도 못하고/제대로 만지지도 못하는 등짝"처럼 쉽게 접근하거나 "어루만져 쓸어줄 사람"(「안아주기」)이 없는 존재 영역을 나타난다. 또한 그것은 우리가 평소 "팍팍한 세상 소식"에 "귀 기울"이고 이웃들과 아웅다웅 살아가지만, 때로 마치 "농무에 갇힌 폐선처럼/스스로 왜곡을 만들"면서 "독수의 촉수"(「곡강曲江」)의 모습을 하고 있다. 때로 인간 존재를 "섬뜩한 어둠" 또는 죽음으로 "발길을 떼"(「낙엽 길 – 두 사람」)게 하는 중요한 실존적 경험의 하나가 그의 '고독' 속에 투영되어 있다.

하지만 박현우 시인의 지배 정서의 하나인 '고독'은, 그러기에 단지 고립적이고 자폐적인 것이 아니다. 우리가 타인들과 더불어 살아갈 수밖에 없는 존재이지만, 그럼에도 불구하고 그들과 좁혀질 수 없는 거리나 간극이 엄연하다는 것을 보여주는 그 무엇이다. 무엇보다도 바로 그 때문에 때로 이러한 의미의 '고독'이 "최소한의 나를 지키는" 존재론적 "논리"(「술의 화법」)나 삶의 거점으로 작용한다는 것을 보여준다.

모난 돌이 정 맞는다는 말
가슴에 묻고 산 지 오래
완도 정도리 갯돌 밟으며 걷노라니
시시로 변하는 물빛 부서지길 몇 번

거품이 거품을 지우며 소스라치는
무변의 생존 곁에서 자신을 사르며

모질도록 저항했을 불안과
상처를 숨긴 낯빛 끝내 발하는

사계의 해조음처럼
변덕스런 시공을 살아 볼 일이지만
물살 따라간 시간들 뒤돌아보면
절도絕島를 표류하던 절명의 고독들이

더러는 깨어져 백사白沙가 되고
갯것들 사늘한 보금자리 되는
모난 돌 하나 찾기 힘든 구계등 바라
모나게 살고 싶던 날들의 신념 꺼내 보는가

오는 길 정 맞은 돌 몇 주워
빈틈 많은 생의 구멍을 메워 볼까
하는.

– 「모난 돌」 전문

　　먼저 "완도 정도리"의 "갯돌"들은 지금처럼 '모'가 없이
둥글둥글한 모습이 아니었다. 각기 여느 섬들과도 단절된
"절도"에서 여기로 "표류"해 오기 전에는 몽돌들은 누구도
간섭하거나 침범해 들어올 수 없는 "절명의 고독"을 상징
하는 것들이었다. 쉽 없이 밀려오고 밀려갔을 "시간들"의

침식에 의해 다듬어지기 이전까지 제각기 몽돌들은 날카롭거나 울퉁불퉁한 "모"를 가진 개성적이고 독립적인 존재였던 것이 분명하다.

항용 아직 잘 다듬어지지 않는 개성이나 분별없이 날뛰는 만용을 경계하는 데 쓰이는 "모난 돌이 정 맞는다"는 우리의 오랜 속담은, 이런 관점에서 볼 때 딱히 좋은 의미만이 들어 있는 격언이 아니다. 마치 "모난 돌"처럼 남다른 말과 눈에 띄는 행동 때문에 괜히 미움을 받기에 그걸 피해야 한다는 일종의 처세훈으로 악용될 경우, 크고 작은 저마다의 개성을 질시하거나 말살하면서 모든 것을 평균화하는 비개성화 내지 몰개성화로 내모는 폭력(?)으로 작용할 수 있다.

박현우 시인은 그런 속담적 세계의 한계나 함정을 날카롭게 포착한다. 그는 수시로 변하고 무수히 "부서지길" 반복했을 파도와 "물빛" 속에서 표면적으로 어디 모난 데 없는 모습을 하고 있는 눈앞의 몽돌들을 보며, 저마다의 "모"를 유지하기 위해 저마다 "자신을 사르며/모질도록 저항"하고 거부했을 원래의 "모난 돌"들을 상상한다. 그러면서 비록 겉으로 어떤 "모"도 없이 원만한 형상을 하고 있지만, 특히 그 몽돌들이 숨기고 있는 "불안과 상처"를 읽어낸다.

"정 맞은 돌 몇 개 주워" "빈틈 많은 생의 구멍을 메워 볼까" 하는 시도는 여기서 시작된다. 즉 그에게 중요한 것은 어디 하나 모난 데 없는 몽돌들처럼 일체의 대립이나 미움 없이 그저 하루하루를 원만하고 무사하게 사는 삶이 아니다. 비록 "더러는" '모가 난다'는 이유 때문에 비판받거나 "깨어져 백사"가 될 수 있지만, 그렇다고 "갯것들"의 "사늑한 보금자리" 되기도 하는 "모난 돌"과 같은 자신의 개성을 포기할 수 없다. 특히 바로 그 때문에 더욱 아픈 "정을 맞"기도 할 터이지만, 그럼에도 각기 고유성과 자기 본래성을 유지하며 "모나게 살고 싶던 날들의 신념"을 저버릴 수 없다.

그런 만큼 박현우에게 '고독'은 한 개인이 느끼는 주관적인 쓸쓸함이나 외로움에 한정되지 않는다. 또한 사회적인 단절이나 인간관계의 고립에서 오는 자기 소외와 자기 방기의 감정의 하나가 아니다. 오히려 타인의 관심이나 눈치에서 벗어나 본래의 자신으로 돌아가 자신의 존재를 더욱 뚜렷이 하는 것을 뜻한다. 무수한 이해관계나 인연으로 뒤얽힌 채 살아가는 일상적이고 비본래적인 존재로서가 아니라 비로소 순수하게 자기 자신의 본래적인 존재와 대면을 의미한다.

감꽃 날리는 극락강에 낚싯대를 폈다

불태산을 지나던 바람이 실어 온
비우고 남은 외로움이거나
다 버리고도 무거워지는 회한도 함께

칠흑이 수놓은 하늘가 무수한 별들이

제가 빚은 언어로 반짝이고

잠들지 못한 새, 놀란 눈짓 물비늘에 내려놓으면

지상의 마지막 안식을 위해 몸을 던진 것들이 둥둥

조객도 없이 조용히 물무늬로 번지는

아름다움은 눈 시리게 보이는 까닭이다

─「조락凋落」 부분

　여기서 '나'는 일단의 "외로움"과 "회한" 속에서 "갈꽃 날리는 극락강"변에 "낚싯대"를 펴고 있다. 그런데 마냥 외롭거나 다 떨쳐내지 못한 뉘우침 따위의 감정이 남아 있는 것은 잠시 뿐, "칠흑"의 "하늘가"엔 "무수한 별들"이 "반짝"이고 그새 "잠들지 못한 새"가 놀라 푸드덕거린다. 마치 도피나 자발적인 격리를 위해 홀로 나선 밤낚시에서 "지상의 마지막 안식을 위해 몸을 던지는 것들"을 지켜본다. 그러면서 밤 낚시터의 고요한 수면 위에 "조락"하는 가을 낙엽이나 갈꽃 등의 사물들을 통해 자신의 시간적 유한성을 자각함과 동시에 "조용한 물무늬"가 펼치는 전혀 기대치 않은 "눈 시"린 "아름다움"을 만끽한다.

　박현우에게 "시"는 단연 "쓰는 것이 아니"다. 자신의 삶을 진정으로 의미 있게 만드는 고독 속에서 "시"는 "내 안의 순간을/꾸밈없이" 내"뱉을 때"(「시인과 사이」) 온다. 곧 그에게 '시'는 자신의 "부끄러움"을 "떨쳐내려" 고독하게 "달려온 길"에서 "당당히 고개 들어 나를 응시"하거나 "바장대는 애들의 숨결"과 "닮"(「안개꽃」)아 있다. 아니면, "모이 하나 남지 않은 쓸쓸한 들판"에서 "쓰러지고 일어서다 노래하는 눈의 빛"(「다시, 봄 – 귀소歸巢」)을 하고 있다. 어디까지나 "두렵고 외로운 길 떠돌다 온 슬픈 사람"의 "고백 같은" 생의 "우수리" 속에서 "버섯이 움을 틔"운 게 "한 줄"의 "시"(「호접꽃」)다.

박현우의 유난한 '뿌리' 또는 '씨앗'에 대한 향수와 그리움은 여기에서 비롯된다. 아마도 생래적으로 타고났을 그의 고독감은, "더불어 사는 것"보다 "어쩌면 입 귀 닫고 사는"(「층간 소음」) 것이 좋다고 할 수 있을 만큼 비정하고 단절된 도시 생활 속에서 '뿌리'의 다른 이름인 "씨앗으로 남은 것들의 고운 흩날림"을 "마음속"(「사위질빵 꽃」) 깊숙이 품고 있는 데서 발생한다. 특히 그의 고독 속엔 "쓸쓸함만 불 밝히던 도시 긴 골목"에서 "쌩웃음 풀풀 날리며/지켜" 왔던 고향의 "속내"(「민들레」)이거나 "세상사 이치"의 "속"이나 그 "뿌리까지 탈탈 털어"(「분갈이」) 들여다보려는 존재론적이고 형이상학적인 욕구가 들어 있다.

함께한 시간들은 새로운데
칼질하는 침묵은 눈물이겠지

자잘한 지류를 허덕이던 행로 따라

흔적 하나 남기기 위해

그리 헤맨 도시

고행이 그댈 살찌웠으니

이젠 바다가 그립기도 하겠지만

가게 앞 느티나무 제 잎 떨구듯

등진 강과 바다

물줄기마다 저 높은 강보며 강벽

눈에 선한 식솔들 가슴에 담아

용트림하듯 솟아오르며

목청껏 노래한다

수족관에 비친 외로운 운명을.

― 「장어사랑 강 씨」 전문

여기서 "수족관에 비친" '장어'의 "운명"은 그야말로 장어 그 자체의 운명을 말하지 않는다. 마치 장어가 자신이 태어난 "강"으로 거슬러 오르듯 "흔적 하나 남기기 위해" "자잘한 지류"의 "행로"를 따라 낯선 "도시"를 "그리"도 "헤맨" 자신의 운명을 가리킨다. 즉 그는 "칼질"을 앞두고 있는 절명의 순간의 장어를 보면서 자신 또한 떠나온 고향의 "물줄기"의 "강보"나 "강벽", 또는 "바다"에 대한 강렬한 향수를 느낀다. 그 무엇보다도 그 장어와 자신의 운명을 동일시하면서 다시 돌아가 만나지 못할 "식솔들"의 얼굴이며 추억이 "용트림하듯 솟아오"르는 것을 체험한다. 그러면서 그 자신 역시 "수족관에 비친" 장어의 "운명"으로부터 벗어날 수 없는 "외로운" 도시 산책자에 불과하다는 것을 뼈저리게 절감한다.

'멀고 가까움'에 대한 그의 역학적 사유 역시 이와 무관하지 않다. 이번 시집의 표제가 보여주듯이 근원적으로 "남은 길" 또는 "먼 나무를 향한 발걸음"(「산을 오르며」)에서 발생하는 그의 고독은, 내가 가까이 다가가고자 하지만 멀리 떨어져 있는 본연本然의 자리로 되돌아가고자 하는 향수에서 발생한다. 아이러니하게도 "가까이"하고자 할수록 더욱 멀어져 가는 "그리운 것들"이 "쓸쓸함"(「처서 지나며」)을 부르지만, 바로 그러기에 또한 우리들 "가슴" "가까이" 있는 고향에 대한 그리움을 그 바탕으로 하고 있다. 실상 우리에게 "멀어지는 것들"은 어떤 계산 가능한 거리의 사물이 아니라 자기 안에 머물고 있는 그 어떤 근원적이고 절대적인 지향성의 존재 영역이기에 동시에 "늘 가까운"(「달맞이꽃」) 것들 속에 있다는 역설을 낳는다.

하지만 그의 고독은 단지 실존적인 향수나 개별적인 그리움 차원에 머무르지 않는다. "모두가 배부른 삶의 질"을 "이야기"하는 세태 속에서 비록 마치 "굴비"처럼 "건조"하고 시시"콜콜"해 보이지만 "값진" 삶의 "맛"(「굴비」)에 대한 탐색으로 이어진다. "더불어 사는 것"보다 차라리 이웃들 간에 "입 귀 닫고 사는"(「충견 소음」) 것이 더 나을 거라는 비관적인 세상 속에서도 오히려 "더불어 사는 것"은 무슨 "대수"(「사위질빵 꽃」)가 아니라 지극히 자연스런 인간관계에 대한 염원으로 나타난다. 각자의 이해관계에 따라 이합집산하기 바쁜 현대사회를 대체하는 "수 세월 대를 이어 군락을 이룬 쥐똥나무"(「쥐똥나무꽃」)와 같은 집단적이고 공동체적인 사회에 대한 그리움으로 투사되기도 한다.

식목일 시청에서 나눠준 천리향 한 그루
뭉툭하게 잘린 뿌리 마음에 묻은 여러 해
천 리를 간다는 향에 취해 시름을 떨치던 일처럼

살도록 그늘 한 번 된 적이 없는 냉가슴 열어 보니
나잇살이나 잡수신 맹환이네 팽나무가 느닷없이 다가와
사랑앓이나 하는 듯 아노래 골목을 덮기도 하여
보고 싶단 말보다 더한 가슴을 달래주는 것이어서

무심을 붙안고
천리만리 마음의 폭을 넓혀가는 은은함이
그늘 됨을 알았네.

　　　　　　　　　　　　　　　　　　　－「천리향」 전문

먼저 여기서 두 번 반복되는 "그늘"이라는 시어가 지시하거나 의미하는 바가 분명치 않다. 하지만 "살도록 그늘한 번 된 적이 없는 냉가슴"이라는 2연 1행의 표현으로 미루어 짐작컨대, 그 그늘은 무성히 자란 나무가 드리운 그늘처럼 밝음에 대비되는 것이 아니다. 오히려 "나잇살이나 잡수신 맹환이네 팽나무"가 드리운 "그늘"이 보여주듯이 더운 여름날 고향 마을의 "골목을 덮"어주었던 고마운 존재로서 그늘이다. 특히 그 가운데서도 "보고 싶단 말보다 더한 가슴"으로 대변되는 끝없는 향수를 "달래주는" 그 대체물로 작용하고 있다.

현재 거주하고 있는 타향의 "시청에서 나눠준" "뿌리" "잘린" "천리향 한 그루"를 오래도록 제 "마음"속에 "묻"거나 묵힌 것은 그 때문이다. 그야말로 "천 리를 간다"는 "천리향"의 향기에 "취해" 잠시나마 고향 떠난 이후의 "시름을 떨쳐"내고자 함이다. 점점 희미해져가고 있는 자신의 뿌리에 대한 "무심"한 기억 속에서 고향의 팽나무가 드리운 "그늘"처럼 "천리만리 마음의 폭을 넓혀가는 은은함"을 맛보고자 함이다.

하지만 그의 고독은 자연적이고 공동체적인 향수로 만족하지 않는다. 주어진 사회와 길항작용하면서 그것에 활력을 부여하는 일종의 원형으로서 대사회적이고 현재적인, 이른바 '의로운 고독'으로 이어진다.

재침해 패주하던 자들이 수장당한 울돌목

몇 수레의 역사를 이고 진

그 독한 저항을

몸으로 체득한 죽음 따위가 대수랴

웅혼한 대륙의 기질과

익숙한 삶의 바다가 주는

매서운 시련을 이겨낸 보배 섬

할거割據만 아는 군웅群雄은

의로운 고독을 모르지

휘몰이로 용솟는 명량 바다

진퇴를 모르는 공방 끝에

갯가에 떠오른 이방인들의 얼굴

코를 잘라 전리품쯤으로 아는 야만을

놀 따라 흔들리던

너희들 주검은 모를 거야

섬광 같은 의기에 혼마저 탈향脫鄕한 넋들이

객귀로 떠돌다

진도군 고군면 내동 마산 황조 하율

지막리 오산 배들이 마을까지

뒤엉킨 채로 흘러들어

주검을 존중했던 갯가 사람들의 인지상정이

고혼을 다시래기로 풀어

후생의 덕이라도 쌓으라고

수륙만리 고향이 보일 듯한

볕 잘 드는 산자락에 봉분을 올린 곳이

쑥부쟁이 흐드러진 왜덕산이란다.

― 「왜덕산」 전문

얼핏 보면, 위 시는 수많은 외침과 "시련"에도 굴하지 않고 거기에 "저항"하는 찬란한 "역사"를 지닌 고향 진도와 진도인의 "웅혼한" "기질"을 노래한 향토찬가쯤으로 치부하기 쉽다. 하지만 여기서 눈여겨볼 것은, 죽음을 불사하는 진도인의 영웅적인 투쟁이나 역사적인 무용담이 아니다. 전쟁에서 "진퇴를 모르는 공방 끝에" "패주"해 진도 "울돌목"에 "수장"당했다가 "갯가에 떠오른 이방인들"의 "주검"에 대한 진도인들의 지극한 삶의 태도다. "진도군 고군면 내동"를 비롯 "마산 황조 하율" 등을 가리지 않고 "뒤엉킨 채로 흘러들어"온 "탈향한 넋들"에 대한 "보배 섬" 사람들의 숭고하고 오랜 전통의 "인지상정"이다.

여기서 한 가지 분명한 것은, "갯가"에 시체로 "떠오른 이방인들"이 다름 아닌 우군들의 "코"를 잘라 "전리품"으로 삼는 "야만"을 보여준 적군이었다는 사실이다. 그럼에도 불구하고 진도인들은 그들의 주검을 마구 대하거나 함부로 처리하지 않았다. 그러기는커녕 놀랍게도 "후생의 덕이라도 쌓으라고/수륙만리" 자신들의 "고향이 보일 듯한" "왜덕산"의 "볕 잘 드는 산자락에 봉분을 올"려 고이 묻어주는 미덕을 보여준다. 비록 한때 생사를 건 적대적 관계라고 할지라도 기꺼이 그들의 "고혼"을 달래기 위한 "다시래기" 의식儀式을 베푸는 등 "의로운 고독"의 일단으로서 범인류애적인 아량과 자비를 베풀어왔다.

행여 진도인들에게 "갈등은 순간의 어울림"(「능소화」)에 지나지 않는 것일까? 그야말로 "민족혼을 말살하려" 드는 적과 "순절한" "이백여 명"의 "진도 수군"들을 함께 "해원解冤"하고 "씻김"굿을 마다하지 않는 진도인들의 '의로운 고독'은 일회적이거나 우연한 사건이 아니다. 행여 적과 아군을 가림 없이 "수사水死를 당한 낯선 시신"이라도 기꺼이 "금기로 여겨 거두어주던" 아름답고 위대한 "갯마을 사람들"의 "풍속과 심성"(「송우산 혼 묘지」)에 그 뿌리를 두고 있다. 대몽항쟁기 진도를 중심으로 일어난 비극들 가운데 "욕된 삶"을 "벗어"나고자 투신한 "궁녀"의 '귀곡성鬼哭聲'이 들린다는 "둠벙"(「궁녀둠벙」)이나 몽고군과 맞서다가 죽은 "애꿎은 민초들" 대신 남은 "왕온의 묘 석인상"(「왕온의 묘」)과 같은 빛나는 생명의식의 연장선상에 놓여 있는 것이 그의 시세계다.

그런 그는 지금 문득 낯선 하늘의 "금당산"에서 "초저녁부터 누군가를 애타게 찾는 산새"의 울음소리에 "고향 바다를 건너 날 찾아온 건 아닌지" "헛생각"(「앵두나무」) 하다가도, "세월 따라 세월을 지우며/가장 가까이서 눈물짓던 사랑"의 "낙인"(「꽃무릇」)을 확인한다. 그런가 하면 "벌 한 마리 찾지 않는 밤" "향내 풀풀 날리"지 못한 채 "시름시름

앓"는 "야래향"(「야래향」)과 같은 자신을 발견하기도 한다. "어느새" 찾아드는 온갖 "그리움"과 "스치는 잔상들"이 과연 "사랑이었을까" "몸 낮추어 뒤돌아보"(「섬돌 밑 몸 낮추고」)면서.

한 인간이 타자들과의 관계에서 자신의 본성을 잃지 않은 채, 그 자신이 누구이며 또 어떻게 살아가야 할지를 되묻는 지독한 눌변訥辯과 흘음吃音이 뒤섞인 그의 고독이 마침내 다다른 지점이 바로 여기이다. "마음 건넬 여유마저" 상실한 채 "불면"을 "뒤척"(「잘 자라는 말」)이는 세계와의 결별을 통해 "한숨 섞인 육자배"기와 "만정이 철철 넘치던 두레박질 소리"(「삼거리 큰 우물」)가 살아 있는 고향의 의미와 그 가치를 재발견하고 재인식하고자 한다. 그럼으로써 "피는 꽃보다 떨어지는 것들이" 더욱 "고요"하고 "고즈넉한"(「능소화」) 본성의 세계. 그 구체적인 귀향의 장소로서 "한 해 가장 밝은 것 같은 달빛이 끌어오는" 흰 어둠의 고향 "바닷가"(「어느새 나도」)로 그의 발길을 돌리고 있다.

하지만 그의 말대로 "기억은 늘 새로워/잔을 채우는 순간" "또 망각"(「늦가을」)이다. 나는 앞으로 그가 "돌보는 이 없어 칡덩굴 우거진" 고향의 "숨죽여 피운" 한과 신명의 결합으로서 삶의 흰 "그늘"(「며느리밥풀꽃」)의 세계에 닿으리라 믿는다. 무엇보다도 진도인의 마음이자 한국인의 마음 원형일 숨음과 드러남, 절망과 희망의 상호연속성에 입각한 진정한 치유와 화해의 상징으로서 '진도아리랑' 내지 '육자배기'의 시적이고 미적인 구현을 기대한다. 바로 그것이 마치 "눈꽃" "고독"하고 "순결한 나그네"(「눈꽃」) 시인의 피할 수 없는 운명일 테니까 말이다. 그의 문운文運을 빈다.

멀어지는 것들은 늘 가까운 곳에 있었다

초판1쇄 찍은 날 | 2024년 11월 20일
초판1쇄 펴낸 날 | 2024년 11월 29일

지은이 | 박현우
펴낸이 | 송광룡
펴낸곳 | 문학들
등록 | 2005년 8월 24일 제2005 1−2호
주소 | 61489 광주광역시 동구 천변우로 487(학동) 2층
전화 | 062−651−6968
팩스 | 062−651−9690
전자우편 | munhakdle@daum.net
블로그 | blog.naver.com/munhakdlesimmian

ISBN 979−11−989410−8−4   03810

• 이 책은 🏛광주광역시 🏛광주문화재단 의 2024지역문화예술육성지원사업으로
  지원받아 발간되었습니다.